1903-Décembre 7

VENTE APRÈS DÉPART

HOTEL DROUOT, SALLE N° 1

Les Lundi 7 et Mardi 8 Décembre 1903

A DEUX HEURES 1/4

MOBILIER ANCIEN

DES XVIe, XVIIe ET XVIIIe SIÈCLES

Objets d'Art

TABLEAUX

BIBLIOTHÈQUES — AUTOGRAPHES

Appartenant à M. E. C.

Me LAIR-DUBREUIL, Commissaire-Priseur

M. Arthur BLOCHE	M. A. Albert du MAY
EXPERT PRÈS LA COUR D'APPEL	EXPERT-LIBRAIRE

EXPOSITION PUBLIQUE

Le Dimanche 6 Décembre 1903

DE 2 HEURES A 5 HEURES ET DEMIE

PARIS. — IMPRIMERIE C. CHAUFOUR
8-10, Rue Milton, 8-10

CATALOGUE

D'UN

MOBILIER ANCIEN

des XVIe, XVIIe & XVIIIe siècles

COMPRENANT :

Deux salons, Chambres à coucher, Salle à manger, Bibliothèque
Pianos demi-queue et droit de Pleyel

MEUBLES GOTHIQUES

OBJETS D'ART

Marbres de Thorwaldsen, Fers forgés de FINET
Bronzes, Faïences, Porcelaines Services de tables

TABLEAUX MODERNES

par

EMILE BAYARD, CHARTRAN, DETTI, JAPY, HENRI LÉVY, PÉRAIRE

ŒUVRES INTÉRESSANTES DE MIGNARD ET DE VAN GOYEN

Vitraux, Tapis, Tentures,

BIBLIOTHÈQUE — LIVRES MODERNES

Autographes de 1830 à 1880

LETTRE DE HENRI IV A M. DE SURESNES

Appartenant à M. E. C...

dont la vente aura lieu par suite de départ

HOTEL DROUOT — SALLE N° 1

Les Lundi 7 et Mardi 8 Décembre 1903

A 2 HEURES 1/4

Commissaire-Priseur : Me **LAIR DUBREUIL**, 6, rue de Hanovre

M. ARTHUR BLOCHE	**M. ALBERT DU MAY**
EXPERT PRÈS LA COUR D'APPEL	EXPERT-LIBRAIRE
51, Rue Saint-Georges, 51	*21, Rue Le Peletier, 21*

chez lesquels se trouve le présent catalogue

EXPOSITION PUBLIQUE

Le Dimanche 6 Décembre 1903, de 2 heures à 5 heures 1/2

CONDITIONS DE LA VENTE

La vente sera faite au comptant.

Les acquéreurs paieront *dix pour cent* en sus des prix d'adjudication.

L'exposition mettant le public à même de se rendre compte de l'état des objets, il ne sera admis aucune réclamation une fois l'adjudication prononcée.

Imprimerie C. CHAUFOUR, 8-10, rue Milton, Paris

DÉSIGNATION

MOBILIER

1 — Beau piano demi-queue en bois de palissandre, de PLEYEL.

2 — Ameublement de salon composé d'un canapé et deux fauteuils en bois de noyer sculpté à coquilles et feuillages enroulés rehaussé d'or par parties, couvert en brocatelle de soie, fond clair, à dessins bleus, style Louis XIV.

3 — Table à jeu en bois sculpté rehaussé d'or par parties, dessin à coquilles et feuillages enroulés, style Louis XIV.

4 — Ameublement de salle à manger gothique en bois sculpté composé de :

1° Deux meubles formant crédence, le haut à voussures ajourées, le bas en retrait, ouvrant à quatre portes ornées d'ogives avec rosaces fleuronnées, côtés à serviettes, montants à colonnes ornées de spirales.

3° Une table rectangulaire avec bandeaux à ogives ajourées posant sur piètement à colonnettes et arcades.

4° Un dressoir ouvrant à deux portes, avec milieu en retrait, le haut ajouré et orné d'ogives.

5° Huit fauteuils à dossier forme mi-circulaire à ogives ajourées et accotoirs ornés de feuillages avec coussins en panne verte.

5 — Piano droit en palissandre, de Pleyel.

6 — Coffret à dentelles recouvert en ancienne tapisserie avec peinture sur bois représentant Saint-Georges, tout encadré de cloutage de cuivre, fin du xviie siècle.

7 — Tabouret en bois sculpté forme hexagonale, dessin ogival fleuronné, style gothique.

8 — Lit à colonnes torses et son baldaquin en bois sculpté, panneaux du fond, du devant et bandeau offrant des dessins symétriques et ornementés, des figures de Saints et des guirlandes de vignes. Sur le fond se détache une statuette en bois sculpté représentant Saint-Sébastien sur console à tête de chérubin. Epoque Henri II.

9 — Table de nuit en bois sculpté à rosaces ajourées et ornements, XVIIIe siècle.

10 — Prie-Dieu, style gothique, en bois sculpté à ogives et ornements.

11 — Table rectangulaire à un tiroir en noyer, piètement à croisillons et colonnettes. Style Renaissance.

12 — Petit fauteuil, forme lamballe, en bois sculpté et doré, couvert en satin noir broché, dessin polychrome. Style Louis XVI.

13 — Tabouret de piano forme banquette en bois scupté couvert en broderie d'Orient, contrefond en peluche bleue pâle.

14 — Trois chaises forme dite Isabelle en noyer rehaussé d'or couvertes en soierie, fond crème brochée à fleurs.

15 — Chaise forme ottomane, en satin crème broché à bouquets de fleurs et de feuillages.

16 — Petite banquette en noyer sculpté rehaussé d'or, couverte en satin gros bleu broché à fleurs.

17 — Grand tabouret forme X, en noyer ciré, couvert en taptsserie, médaillon paysage, encadrement à fleurs et fruits, style Henri II.

18 — Siège forme curule en terre cuite entièrement décoré de bas-reliefs, sujet tiré de l'antiquité avec coussin en soie brochée.

19 — Grande banquette à haut dossier à fronton en bois sculpté, dessin à ogives et ornement gothique. coussin en panne rouge garnie de franges.

20 — Banc de pied couvert en ancienne tapisserie, fond jaune à fleurs.

21 — Petit fauteuil d'enfant couvert en satin broché, fond clair à fleurs.

22 — Grande stalle à haut dossier, à voussures en bois sculpté offrant en bas relief un personnage armé d'un glaive, des mascarons sur fond d'ornements, portant la date de 1609, travail ancien.

23 — Grande armoire à deux portes en bois sculpté offrant au fronton et sur les battants des têtes de chérubins, des ornements feuillagés, autour des arabesques de vigne vierge, XVIIe siècle.

24 — Cabinet hispano-arabe ouvrant à deux portes en bois de noyer clair avec appliques, charnières et poignées en cuivre doré découpé à jour, sur scriban à petites colonnes.

25 — Table rectangulaire en bois de noyer couvert d'incrustations d'ivoire et de marqueterie, travail certosina, le bandeau fleurdelisé sur fond de cuir, style XVIe siècle.

26 — Fauteuil X en bois de noyer incrusté d'ivoire, travail dit certosina, style XVIe siècle.

27 — Brasero espagnol en bois à piètement boulonné, relié par des arceaux en fer, bassin et garniture en cuivre. XVIe siècle.

28 — Ecran en bois sculpté, dessin gothique avec petite tapisserie à petits personnages sous un arceau à écoinçons fleuris. XVIe siècle.

29 — Meuble en bois sculpté ouvrant à une porte décorée d'écussons et de têtes de personnages, formant étagère sur les côtés, le bas et le haut fleurdelisé. XVIIe siècle.

30 — Jeu de tric-trac sur table en noyer ciré.

31 — Meuble-cabinet portugais ouvrant à deux portes, décoré de marqueterie d'ivoire et de bois, intérieur à petits tiroirs et étagères, posant sur console avec piètement à colonnettes. Style XVIe siècle.

32 — Neuf coussins en satin, drap et toile orné de broderies.

33 — Grande armoire d'aspect monumental ouvrant à deux portes en bois sculpté divisé par panneaux à dessins gothiques, montants à clochetons fleuronnés, fronton avec galerie à jour, surmonté aux extrémités de pommes fleuries. Travail ancien.

34 — Colonnette-support en noyer ciré et cannelé.

35 — Devant de coffre en bois sculpté divisé par compartiments offrant en bas-relief un personnage debout, des cannelures en saillie et une suite d'ornements. XVIe siècle.

36 — Bureau en chêne ciré ouvrant à dos d'âne, recouvert d'une tapisserie fond marron fleurdelisé.

37 — Deux plateaux en laque du Japon, fond noir et or.

38 — Grand fauteuil et six chaises en bois noir incrusté d'ivoire et de pierre dure, dessin Renaissance, couvert en velours vert frappé.

39 — Petit écran en noyer avec tableau en broderie, représentant une fête champêtre. Travail ancien.

40 — Selle en bois de noyer.

41 — Grande bibliothèque à rayons découverts en bois noirci.

42 — Deux bibliothèques de différentes grandeurs, même style.

43 — Petite table rectangulaire en palissandre ciré.

44 — Porte-manteaux et parapluies en chêne à fond de glaces.

45 — Colonnette-support en noyer cannelé.

46 — Deux escabeaux en bois sculpté. Style XVIe siècle.

47 — Chaise-longue couverte et drapée de velours grenat.

48 — Rouet en bois sculpté. XVIIIe siècle.

49 — Petit écran en bois style gothique avec feuille en tapisserie.

50 — Dévidoir en bois. XVIIIe siècle.

51 — Armoire en bois sculpté ouvrant à deux portes ornée d'écoinçons feuillagés et de rosaces. Epoque Louis XIV.

52 — Deux chaises Isabelle en noyer sculpté couvertes en velours brodé.

53 — Secrétaire en marqueterie de bois et de palissandre, garni de bronze. Style Louis XVI.

54 — Petit vaisselier d'applique en bois sculpté XVIIIe siècle.

55 — Armoire à linge et à robe en pitchpin ouvrant à deux portes à coulisses.

56 — Coffret à dentelles en acajou garni de cloutés d'acier. Ier Empire.

57 — Chaise-longue couverte en panne verte.

58 — Deux colonnes cannelées en bois noir.

59 — Gong en bronze avec son support en bambou.

TABLEAUX

BAYARD (Emile)

60 — *Femme en japonaise.*

Signé en haut à gauche.

BERONNEAU (Marcel)

61 — *Apparition de l'Ange.*

Dessin.
Signé à droite.

BERONNEAU (Marcel)

62 — *Sainte Cécile.*

Signé

BLAVIAT (Marcel)

63 — *Danseuse algérienne.*

Aquarelle.
Signée à droite.

CHARTRAN

64 — *Portrait de femme en robe de bal.*

Signé en haut à droite.

DETTI

65 — *La Pensive.*

Pastel.
Signé à gauche.

DIAZ (?)

66 — *L'Amour puni.*

DOLCI (d'après Carlo)

67 — *Sainte Madeleine.*

FERRATO (d'après Sasso)

68 — *La Vierge aux sept douleurs.*

GAUTIER (Armand)

69 — *La Paysanne.*

Signé à droite.

GIACOMELLI

70 — *Un mariage à Venise au* XVIe *siècle.*

Signé à gauche.

GOYEN (Jan Van)

71 — *Pêcheurs hollandais au bord de la mer.*

Sur une hauteur au bord de la mer deux cavaliers se sont approchés d'un groupe de pêcheurs qui leur offrent des poissons au deuxième plan des hommes attendent le retour d'autres barques,assis sur des paniers.

JAPY

72 — *Le Moulin à eau.*

Signé à droite.

LEVY (Henri)

73 — *Eve cueillant la pomme.*

74 — *Eve écrasant le serpent.*

Deux pendants.
Signés.

MIGNARD

75 — *Portrait du duc de Bourgogne enfant.*

PERAIRE (P.)

76 — *Les bords de la Seine aux environs de Paris.*

Signé à droite.

OBJETS D'ART

77 — Statuette en marbre : Mercure. Signée THORWALDSEN.

78 — Paire de potiches en ancienne faïence de Delft décor en bleu à fleurs, couvercles surmontés d'oiseaux.

79 — Pendule en bois et cuivre ciselé forme monument, fronton surmonté d'un buste représentant Diane de Poitiers.

80 — Lustre en fer forgé forme branchage de chêne et glands. Travail de FINET.

81 — Paire de bouts de table à deux lumières en bronze doré surmontés de statuettes de déesses, socles en onyx.

82 — Grande plaque en carreaux de faïence de Grenade représentant la Vierge d'Alonzo Cana. Encadrée.

83 — Statuette en bronze : Femme romaine. Signée DUMAIGE.

84 — Paire de lampes en fer forgé à feuillages et glands, récipients en cuivre rouge.

85 — Paire d'aiguières en albâtre sculpté et ajouré.

86 — Deux landiers avec traverses en fer forgé, surmontés de fleurs de lys et ornés de tête de lions en cuivre jaune. Travail de style Renaissance de FINET.

87 — Pelle et pincette en fer forgé avec poignées en cuivre ciselé.

88 — Deux trépieds en fer forgé. XVIe siècle.

89 — Vasque en porcelaine de Chine décor aux poissons en bleu sur blanc.

90 — Vase en terre cuite étrusque peinte, orné sur la panse de personnages.

91 — Vase à anses en cuivre, panse ornée d'une torsade.

92 — Crémaillière en fer. XVIe siècle.

93 — Groupe en albâtre : les Trois Grâces, d'après Canova, sur socle orné de fleurs.

94 — Violon en faïence de Marseille décor à fleurs, personnages et armoiries.

95 — Horloge en faïence de Delft, décor en bleu.

96 — Petit coffret à couvercle bombé couvert en velours de lin rouge et orné d'appliques en cuivre.

97 — Jardinière en céramique fond brun, monture en bronze doré.

98 — Lustre forme double croix de Saint-Marc, en fer forgé et cuivre, à cinquante-deux lumières dont quarante-huit à veilleuse et quatre électriques. Travail de Finet.

99 — Grande bassine en cuivre jaune repoussé, décor à guirlandes de fleurs, anse mobile en fer. XVIe siècle.

100 — Jardinière en cuivre rouge repoussé.

101 — Lampadaire en fer forgé avec fleur de lys en cuivre jaune, travail de Finet, supportant une lampe formée par une potiche en ancienne faïence de Delft.

102 — Lampe à huile en cuivre rouge. XVIIe siècle.

103 — Paire de grands vases en bronze du Japon, décor en relief à volatiles et branchages.

104 — Deux vases en faïence italienne décorée de sujets mythologiques, anses forme serpents enroulés.

105 — Deux statues, en bois sculpté : Saint-Pierre et Saint-Paul. XVIIIe siècle.

106 — Statuette en albâtre : femme à la coquille, socle en velours rouge avec pieds forme griffes en albâtre.

107 — Christ en métal sur croix en bois peint. Travail espagnol.

108 — Deux cendriers avec pelle et pincettes en fer forgé et cuivre surmontés de boules ajourées. Travail de Finet.

109 — Deux statuettes en bronze : Diane de Gabie et Vénus de Milo.

110 — Pendule religieuse en bois noir, cadran en cuivre. Epoque Louis XIV.

111 — Support forme pont-levis en noyer sculpté.

112 — Suspension de salle à manger à une lampe et neuf bougies en fer forgé et découpé à jour, dessin à rinceaux feuillagés. Travail de style Renaissance de la maison Finet.

113 — Lanterne sur bras d'applique en fer forgé. Style gothique.

114 — Deux tableaux en fer repoussé représentant un gentilhomme et une dame de qualité du temps de Henri II, travail de Finet ; encadrement en bois.

115 — Vase en porcelaine de Chine décor à l'aigle sur branche.

116 — Paire de candélabres à trois lumières en fer forgé à torsades et ornés de feuillages en cuivre rouge.

117 — Petite veilleuse en fonte. Style gothique.

118 — Deux bouteilles hollandaises en verre orné de peintures représentant des personnages.

119 — Vase forme fleur de lys en faïence émaillée du golfe Juan.

120 — Paire de candélabres à cinq lumières en fer forgé à rinceaux. Travail de Finet.

121 — Deux arrêts de portes en fer ciselé représentant des lions accroupis. Travail de Finet.

122 — Coupe forme octogonale en porcelaine de Chine à vases de fleurs, intérieur céladonné bleu, sur pied en bronze.

123 — Statuette en marbre : la Baigneuse, d'ALLEGRAIN.

124 — Deux landiers avec traverses, pelle et pincettes en fer forgé, extrémités à fleurs de lys. Travail de FINET.

125 — Lampe avec mouchettes et accessoires en cuivre jaune. XVIIe siècle.

126 — Pendule en porcelaine de Saxe, décor à personnages et fleurs en relief.

127 — Statuette en biscuit : Joueuse de mandoline, signée COUDRAY.

SERVICES DE TABLE

128 — Service en porcelaine de Limoges de vingt-quatre couverts, décor bleu et or avec chiffre J.-C. d'environ trois cent trente pièces : assiettes, compotiers, plats, pots à crème, coquetiers, raviers, saladiers, soupières, légumiers, sucriers, saucières, moutardiers.

129 — Cave à liqueur en cristal renfermant quatre flacons et seize petits verres.

130 — Service à thé en porcelaine d'Haviland, décor blanc et or à fleurs et oiseaux, composé d'une théière, sucrier, pot à crème, douze tasses.

131 — Service à café de même dessin de douz tasses.

132 — Service en cristal de Baccarat de dix-huit couverts, composé de dix grands verres, de dix-huit coupes à champagne, dix-huit verres à Bordeaux, dix-huit à Bourgogne, dix-huit à Madère, seize carafes à vin et à eau, dix-huit assiettes à glace.

VITRAUX

133 — Deux vantaux de fenêtres avec médaillons à personnages de la maison CHAMPIGNEULLES.

134 — Deux médaillons représentant des scènes de la vie du Christ, signés THÉVENOT. Encadrés.

135 — Lanterne composée de nombreux vitraux à têtes d'hommes et de femmes et d'armoiries, monture en fer forgé de PONSIN.

136 — Six écussons et armoiries suspendus par des chaînettes.

TAPISSERIES — TENTURES

137 — Panneau en ancienne tapisserie représentant un paysage boisé et feuillage avec vue de château en perspective.

138 — Portière en ancienne tapisserie d'Aubusson représentant un volatile sur des rochers, bordure ornementée.

139 — Tapis de table en panne vert olive avec armoirie à lion héraldique.

140 — Décor de baie en panne vert olive.

141 — Deux décors de fenêtre en satin noir uni.

142 — Deux stores en faille crème brodés de soie.

143 — Quatre portières en étoffe de soie grenat.

144 — Décor de fenêtre en lampas rouge, dessin ton sur ton à branche.

145 — Décor de fenêtre : deux portières, quatre pentes et quatre bandeaux en panne chaudron avec bandes de tapisserie fond noir à fleurs de lys.

146 — Tenture de chambre à coucher en peluche grenat, composé d'un décor de fenêtre à l'italienne, quatre portières, un couvre-lit, une draperie et un tour de lit.

147 — Deux rideaux en velours de lin vert olive.

148 — Quatre rideaux et une draperie de coin en étoffe de soie fond cuivre.

149 — Tapis moquette fond blanc à dessin vert.

150 — Tapis moquette à dessin algérien.

BIBLIOTHÈQUE

Détail Sommaire

151 — **Balzac (H. de).** — Œuvres complètes, *Paris, 1865*, 20 vol. in-8°, d.-reliure.

152 — **Byron (Lord).** — Œuvres complètes (Traduction Paris) *1830-31*, 13 vol. in-8°, d.-reliure.

153 — **Charton (E.)** — Le Tour du Monde. *Collection des années 1860 (origine) à 1885*, — 51 vol. in-4°, dont 24 cartonnages de l'Edit. et 27 brochés.

154 — **Cervantes (Michel).** — Don Quichotte. Illustrations de G. *Doré, Paris, 1869*, 2 vol. in-f°, cartonnage de l'Edit.

155 — **Corneille (P.)** — Œuvres *1764*, 12 vol. in-8°, Figures de Gravelot. — Rel. en veau.

156 — **Duruy (V.)** — Histoire des Grecs. *Hachette*, s. d., 3 vol. gd in-8°, brochés.

157 — **Duruy (V.)** — Histoire des Romains, *Hachette 1879*, 7 vol. gd in-8° d.-rel. chag.

158 — **Economistes.** — Ouvrage d'économie politique de *Amagat, Chevalier, Du Mesnil, Dutot, Law. Malthus, Molinari, Say, Turgot, Vauban,* etc. — 28 vol. gd in-8° brochés.

159 — **Escayrac de Lanture.** — Mémoires sur la Chine. — Introduction, Gouvernement, Histoire, Religion, Langage, 1864, — 5 vol. in-4° brochés. — (Nombreuses planches).

160 — **Fontane (Marius).** — Histoire universelle, *Paris, Lemerre, 1885,* 5 vol. in-8° brochés.

161 — **Goëthe.** — Œuvres (Traduction Porchat) *Paris, Hachette, 1861,* 10 vol. in-8° d.-rel.

162 — **Grecs.** — Collection des auteurs : *Aristophane, Aristote, Eschile, Euripide, Hérodote, Hésiode, Homère, Poètes comiques, Xénophon,* etc. — *Paris, Didot, 1855,* 14 vol. in-8° d.-rel.

163 — **Historiens.** — Collection des Historiens du Moyen-Age, avec des notes de *Buchon* et *Aimé Martin.* — Œuvres de : *Blaise de Montluc, Brantôme, Froissart. Machiavel, Monstrelet, Palma Cayet, Robertson* etc., *Paris, 1836,* 44 vol. in-8°, d.-rel.

164 — **Hugo (V.)** — Œuvres complètes. Edition *Ne Varietur, Paris, Hetzel, 1882-86.* 55 vol. in-8°, dont 44 vol. d.-rel. et 11 vol. brochés.

165 — **Imbert de Saint-Amand.** — Œuvres diverses, *Paris*, *Dentu*, s. d. 25 vol. in 12 brochés.

166 — **Lafontaine.** — Fables, texte gravé par *Montulay* et *Drouet*. *Paris*, *1765*, 6 vol. in-8°. Figures de *Fessard*. Rel. veau.

167 — **Lafontaine.** — Fables, Illustrations de *G. Doré*, *Paris*, *Hachette*, *1867*, 2 vol. in-f°, cartonnage de l'Edit.

168 — **Lamartine (Alph. de).** — Œuvres, *Paris*, *1863*, 40 vol. gd in-8°, d.-rel.

169 — **Las Cases.** — Mémorial de Sainte-Hélène, *Paris*, *1842*, 2 vol. gd in-8°, d.-rel. *Illustrations de Charlet*. (*Premier tirage*.)

170 — **Latins.** — (Collection des auteurs). Traduction *Nisard*. — Œuvres de *Cicéron*, *Flavius Joseph*, *Horace*, *Juvénal*, *Lucain*, *Lucrèce*, *Ovide*, *Pétrone*, *Pline*, *Sénèque*, *Tacite*, *Théâtre des Latins*, etc. *Paris*, *Didot*, *1855-1864*, 24 vol. gd. 8° d.-rel.

171 — **Martin** (Henri). — Histoire de France. *Paris*, *1865*, 17 vol. in-8° d.-rel.

172 — **Michelet.** — Histoire de France. *Paris*, *Chamerot* *1861*, 16 vol. in-8° d.-rel.

173 — **Musset** (A. de). — Œuvres. *Paris, Charpentier 1867*, 10 vol. in-12 avec les photographies. Cart. de l'édit.

174 — **Napoléon Ier**. — Correspondance. *Paris, 1861*, 28 vol. in-8° d. rel. dont 11 vol. brochés.

175 — **Rabelais.** — Œuvres illustrées par G. Doré. *Paris, 1873*, 2 vol in-f°. Cartonnage de l'édit.

176 — **Réimpression de l'ancien Moniteur.** — *Paris, Plon 1858-1863*, 31 vol. g. in-8° illustrés d. rel.

177 — **Rousseau** (J.-J.). — Œuvres complètes. *Paris, 1844*, 4 vol. g. in-8° (fig.) d.-rel.

178 — **De Sacy**. — Histoire d'Esther, de Joseph, de Tobie. *Paris, Hachette 1867-1882*, 3 vol. in-f° illustrés par Bida, Boilvin, Gilbert, etc. Cartonnage de l'éditeur.

179 — **Saint-Simon et Enfantin.** — Œuvres publiées par les membres du Conseil. *Dentu, 1865*, 18 vol. in-8° d.-rel.

180 — **Saint-Simon.** — Mémoires. *Paris, Hachette, s. d.*, 13 vol. in-18, brochés.

181 — **Salvador.** — Jésus-Christ et sa doctrine ; Institution de Moïse ; Paris, Rome, Jérusalem. *Michel Lévy 1864-1869*, 5 vol. in-8° d.-rel.

182 — **Schiller.** — Œuvres (traduction Régnier). *Paris, Hachette 1859*, 8 vol. in-8° d.-rel.

183 — **Shakespeare.** — Œuvres (traduction F. V. Hugo). *Paris, Pagnerre, 1865*, 18 vol. in-8° d. rel.

184 — **Schlieimann.** — Ilios. Ville et Pays des Troyens. Traduit de l'anglais par Egger. — *Firmin-Didot, 1885*, 1 vol. in-4° broché.

185 — **Schwab** (Moïse). — Le Talmud de Jérusalem. *Maisonneuve 1879-1886*, 11 vol. g. in-8° brochés.

186 — **Taine.** — Les origines de la France contemporaine. *Hachette 1885*, 4 vol. in-8° d. rel.

187 — **Thiers** (**A**.). — Consulat et Empire. *Paris, s. d.*, 20 vol. in-8°. Cartonnage de l'édit.

188 — **Thiers (A.).** — Discours parlementaires. *Paris, Calmann Levy, 1879*, 5 vol. in-8° brochés.

189 — **Walter Scott.** — Œuvres complètes (traduction Barré) *s. d.*, 29 vol. in-8° d. rel.

190 — Sous ce numéro, il sera vendu par lots, environ 1.500 volumes reliés et brochés (en parfait état) de bons ouvrages modernes.

Romans, Littérature, Classiques, Mémoires. Economie politique, Philosophie, Liturgie Hébraïque, etc.

190 *bis* — **Revues, Brochures, Guides.**

AUTOGRAPHES

191 — **Collection importante d Autographes** (période de 1830 à 1880). *Littérateurs, Hommes politiques, Clergé, Armée, Artistes, Théâtres,* etc., etc.

Environ 1.500 pièces écrites ou signées de : Arago — Barbey d'Aurevilly — Barthélemy — Blanc (Louis) — Bouton — Clairville — Calonne (de) — Cochinat (V.) — Claudin (G.) — Cambacérès — Dumas (A.) — Doucet (C.) — Delavigne (Casimir) — Dupin — Duruy (V.) — Dupandeloup (Mgr) — Enfantin — Féval (P.) — Fould — Feydeau (E.) — Favre (J.) — Guizot — Gautier (Th.) — Gonzalès — Girardin (E. de) — Guérin — Gratry — Hugo (V.) — Halévy (Lud.) — Houssaye (A). — Lamartine (Alp. de) — Legouvé — Lurine (L.) — Lescure (de) — Laforge (Anat. de) — Lefèvre de Ruffet — Las Cases — Loison — Montalembert — Mery — Masson (Mich.) — Manuel — Michelet — Maeterlinck — Monnier de la Sizeranne — Magne — Nadar — Ollivier (E.) — Paillet (L.) — Paul de Saint-Victor — Parville (de) — Piétri — Second (Alb.) — Scribe (E.) — Sand (G.) — Soult (Mal) — Thiers — Vitu — Villemessant (de) — Wey — Zaconne, etc.

192 — *Loin de Paris* (notes de voyages). — Manuscrit de 33 feuillets in-32, écrit et signé par Théophile Gautier.

193 — Lettre adressée à M. de Suresnes portant la signature de Henri IV. (*Dossier explicatif joint à cette lettre*).

194 — Objets omis.

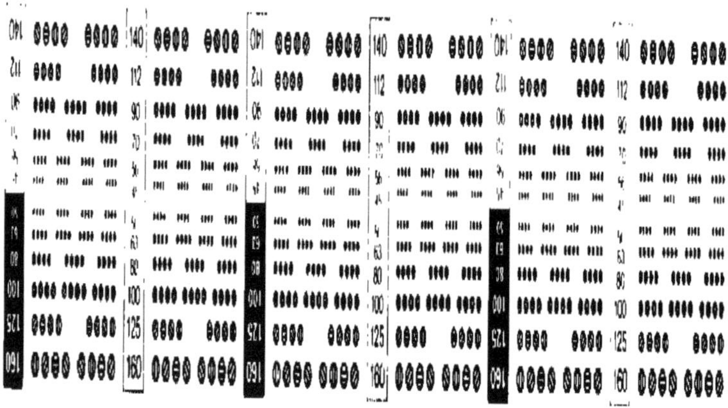

MIRE ISO N° 1
NF Z 43-007
AFNOR
Cedex 7 - 92080 PARIS-LA-DEFENSE

graphicom
379 88 70

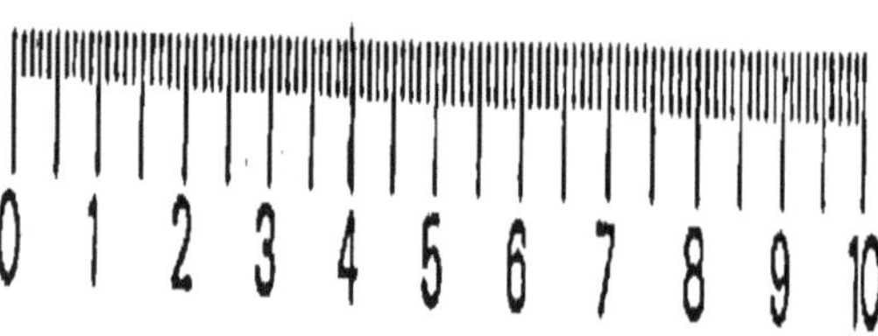

www.ingramcontent.com/pod-product-compliance
Ingram Content Group UK Ltd.
Pitfield, Milton Keynes, MK11 3LW, UK
UKHW020217180726
13838UKWH00005B/2055